Un Pen-blwydd yn Ormod

Sioned Lleinau

Lluniau Graham Howells

Gomer

Nodyn i athrawon: *Ar wefan Gomer mae llu o syniadau dysgu a thaflenni gwaith yn barod i chi eu llwytho i lawr a'u defnyddio yn y dosbarth.*

Cofiwch ymweld â'r safle www.gomer.co.uk

Argraffiad Cymraeg Cyntaf – 2006

ISBN 1 84323 503 X

ⓑ ACCAC, 2006 ©

Cyhoeddwyd gyda chymorth ariannol Awdurdod Cymwysterau Cwricwlwm ac Asesu Cymru.

Dymuna'r cyhoeddwyr gydnabod cymorth Adrannau Cyngor Llyfrau Cymru.

Argraffwyd gan
Wasg Gomer, Llandysul, Ceredigion SA44 4JL

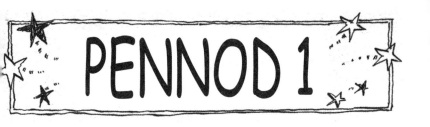

PENNOD 1

Doedd Ifan ddim yn hapus. Doedd e ddim wedi bod yn hapus ers sawl diwrnod. Fe ddylai fod yn hapus. Wedi'r cwbwl, roedd e ar fin mynd i barti pen-blwydd arbennig iawn.

Roedd Ifan wrth ei fodd gyda phartïon pen-blwydd.

Doedd dim yn well na llond bwrdd o jeli a brechdanau, selsig bach a chacennau siocled, heb sôn am yr holl gêmau gwirion. Ond roedd ambell barti'n well na'i gilydd . . .

4

Dyna i chi barti gwisg ffansi Elen
ei chwaer yn chwech oed.

A pharti bowlio-deg a byrgyrs Dafydd ei frawd yn wyth oed. Gallai Ifan fod wedi aros yno drwy'r dydd. Fe ddangosodd dric neu ddau i'r lleill y diwrnod hwnnw, o do!

Roedd hyd yn oed parti candi fflos a chreision Gwyn a Gwen yr efeilliaid drws nesa yn dair oed wedi bod yn sbort . . . o leia nes i Gwen fynd yn sâl dros ei grys-T newydd.

Doedd Ifan ddim wedi gallu ei wisgo am fis wedi hynny . . .

Roedd e'n drewi! Roedd e'n drewi'n ych-a-pych-a-fi! Yn waeth na llond twlc o foch bach. Ac yn waeth hyd yn oed na sanau Dad a phi-pi eliffant o'r Affrig yn gymysg!

Er yr holl rwbio a'r powdwr a'r
sebon sent a mwy o bowdwr a
ddefnyddiodd Mam i'w olchi . . .
a'i olchi eto . . .
ac eto . . .

gallai Ifan arogli'r candi fflos o hyd!

'Merched!' meddyliodd yn ddig.

PENNOD 2

Diwrnod pen-blwydd Dad oedd hi heddiw, ac roedd y tŷ wedi bod yn llawn cyffro ers ben bore.

Roedd Mam yn hapus, yn ei rolyrs gwallt yn cymysgu eisin, yn gwneud brechdanau ac yn addurno cacennau.

Edrychai fel petai pawb ym mhentref Dôlafon yn bwriadu dod i'r parti! Roedd yno gacennau mawr a bach, yn geirios ac yn siocled a hufen drostynt i gyd. Doedd dim lle i droi yn y gegin!

Yn y lolfa, roedd Elen a Dafydd yn hapus, yn chwythu balŵns a llyfu powlenni am yn ail.

Wrth edrych arnynt, doedd Ifan ddim yn siŵr ai bochau Elen neu bola Dafydd fyddai'n byrstio gyntaf. Oedd raid iddyn nhw fod mor frwd? holodd Ifan ei hun yn ddigalon.

Ac wrth gwrs, roedd Dad yn hapus. Daeth y postmon â llond sach o gardiau ac anrhegion oddi wrth deulu a ffrindiau ymhell ac agos. Tei oddi wrth Anti Mari, ysgrifbin oddi wrth Mam-gu a Dad-cu, llun mewn ffrâm oddi wrth Mam . . .

Roedd hi fel Nadolig drwy'r tŷ i gyd. 'Dyna ni!' ochneidiodd Mam o'r diwedd. Roedd yr addurniadau yn eu lle a'r bwyd i gyd yn barod. Gwyddai Ifan y dylai deimlo'n hapus, ond am ryw reswm fedrai e ddim.

Teimlai'n swp sâl!

Doedd Ifan ddim hyd yn oed wedi ysgrifennu carden Dad eto. Petai'n gwneud hynny, byddai'n rhaid iddo fe gyfadde'r gwir . . . Roedd ei dad yn HEN . . . Roedd ei dad yn HANNER CANT!! Pwy erioed glywodd am fachgen saith oed â thad yn HANNER CANT!

PENNOD 3

'Tadau ifanc sydd gan bawb arall ym mlwyddyn tri, Ysgol Dôlafon,' meddai Ifan wrth Fflwff ei gi pŵdl anwes. Byddai Fflwff yn ei ddilyn i bobman, ac Ifan yn dweud popeth wrtho, yn enwedig gan fod y ddau ohonyn nhw'n saith oed.

'Mae pawb arall yn fy nosbarth i mor lwcus!' meddai. 'Dim ond tri deg dau yw tad Bethan Blodyn.'

Wwwwff!

Gwyddai Ifan fod Fflwff yn deall y sefyllfa. Roedd e bob amser yn barod i wrando ar ei gŵyn.

'Ac mae gan Bethan chwaer sy'n dair ar ddeg.

'A dim ond dau ddeg saith yw tad Aled Caled.

Wwwwff-wwwwff!

'Mae tad Dylan Coch yn mynd i sgïo yn yr Alpau bob blwyddyn. Wwwwwwff!

'Ac mae tad Elin Siop yn hoff o redeg marathons!

Wwwff-wwwff-wwwff-wwwff!

'Mae ganddo fe ddillad rhedeg a threinyrs a phopeth! Dwi wedi ei weld e'n rhedeg o gwmpas y parc, yn mynd fel trên. Dwi hyd yn oed wedi trio ei basio fe ar fy meic!'

Dechreuodd Fflwff chwyrnu a gwgu am yn ail.

'Ond mae Dad yn HANNER CANT!' Pam fod yn rhaid i'w dad e, Ifan Huws, fod mor wahanol?! Pam, o pam, fod yn rhaid iddo fod mor HEN?!

Roedd gan Ifan nifer o driciau i rwystro pobl rhag dod i wybod am oedran ei dad. Ceisiai beidio â sefyll yn rhy agos ato wrth gerdded o gwmpas y dre, neu wrth fynd am dro i'r parc.

Hyd yn oed pan fyddai'n arllwys y glaw, a'i dad yn cynnig mynd â phawb i'r ysgol yn ei gar mawr clyd, 'mae'n well gyda fi gerdded, diolch,' fyddai ateb Ifan.

Dywedai wrth ei ffrindiau fod ei dad yn gweithio dramor . . .

Weithiau dywedai ei fod yn nofiwr
tanddwr dewr yn chwilio am drysor
môr-ladron yn y Caribî . . .

Neu'n hwylio o gwmpas y byd ar ben
ei hun bach mewn dingi rwber . . .

Doedd ei dad byth adre, felly byddai'n rhaid i'w dad-cu ddod i gasglu Ifan o'r ysgol, ac o ymarfer pêl-droed, ac o'r pwll nofio . . .

Roedd pethau wedi gweithio'n iawn hyd yn hyn. Doedd neb wedi amau dim. Dyna beth oedd cynllun da!

PENNOD 4

Ond o heddiw ymlaen, fe fyddai
pethau'n wahanol.

Roedd cyfarchion yn y papur newydd:

Pen-blwydd hapus
DEWI HUWS

10, Lôn y Ffawydd, Dôlafon

yn 50 oed

ddydd Sadwrn, Hydref 14.
Cariad mawr oddi wrth
dy wraig, Delyth, a'r plant,
Dafydd, Ifan ac Elen xxxx

A balŵns o gwmpas y drws ffrynt
. . . a lliain mawr gwyn dros y ffens
o flaen y tŷ . . .

'Dyna beth yw halibalŵ!' meddai
Ifan.

Nawr, fe fyddai pawb yn gwybod – pawb yn y stryd, pawb yn y pentref . . . a phawb ym mlwyddyn tri, Ysgol Dôlafon! Byddai'n destun sbort drwy'r ysgol i gyd!

Daeth Fflwff i lyfu ei law. Roedd e'n awyddus i chwarae. Taflodd Ifan bêl i ben draw'r ardd, a gwylio Fflwff yn ei chwrso'n llawn cyffro.

Daeth Fflwff 'nôl at Ifan â'r bêl yn ei geg. Roedd yn awchu am chwarae mwy, gan ysgwyd ei gynffon yn frwd.

Felly taflodd Ifan y bêl i ben y sied bren wrth ymyl y garej . . .

Taflodd hi o dan y car . . .

Taflodd hi'n uchel i'r awyr a thros
y clawdd i ben sleid Gwyn a Gwen
drws nesa . . .

'Dyna gi chwim wyt ti, Fflwff,'
meddai Ifan yn falch.

Byddai Fflwff yn dod â'r bêl 'nôl i Ifan bob tro! Roedd Ifan wrth ei fodd yn ei wylio'n llamu a rhuthro o gwmpas y lle a Fflwff yn cael sbort yn plesio'i feistr. Ond, yn sydyn, daeth gwaedd groch o'r gegin. Gwyddai Ifan nad oedd dianc iddo nawr.

PENNOD 5

'Ifan, tyrd i'r tŷ!' Llais Mam. Roedd ganddi lais i ddeffro'r holl stryd!

'Gobeithio fod yr injan dân wrth law!' meddai Ifan yn ddireidus wrth Fflwff, gan ddychmygu'r hanner cant o ganhwyllau ar gacen pen-blwydd Dad.

Gydag ochenaid hir ac araf, dechreuodd Ifan linc-di-loncio'i ffordd i'r tŷ drwy'r balŵns a'r baneri lliwgar, a Fflwff yn dilyn wrth ei sodlau.

Edrychai'r ddau mor ddigalon â'i gilydd. Meddwl am y bêl yn y sied oedd Fflwff, tra bod Ifan yn ofni'r hyn oedd yn ei aros yn y tŷ, yn enwedig swsus gwlyb Anti Gwen.

Yn y tŷ, cafodd Ifan sioc. Nid un gacen yn unig oedd ar y ford yng nghanol y gegin, ond DWY!

Roedd Ifan mewn penbleth lwyr.

'Ond dim ond 7 oed yw Fflwff!' protestiodd, wrth i'w fam wthio brechdan caws a phicl ddrewllyd i'w law.

'Ifan! Rwyt ti'n anobeithiol weithiau,' ebychodd ei fam gan ysgwyd ei phen. 'A minnau'n meddwl dy fod ti'n gwybod popeth am gŵn!' Aeth ymlaen i egluro. 'Wel, mae pob blwyddyn i ni yn saith mlynedd mewn oedran ci! Felly, ydy, mae Fflwff yn 50 oed heddiw hefyd!'

'Ond dyw Fflwff ddim . . . yn hen . . .'

'Wrth gwrs dyw e ddim yn hen,' meddai Dad. 'Mae Fflwff a finne mor ifanc â'n gilydd!'

'Nawr, ydy pawb yn barod i chwythu'r holl ganhwyllau 'ma?' holodd Mam, wrth gario un o'r cacennau enfawr y bu'n brysur drwy'r bore'n ei haddurno at y bwrdd.

'Pam lai?' holodd Ifan. 'Ar ôl i fi
sgrifennu 'ngharden!'

Cydiodd Ifan yn ei hoff ysgrifbin a
dechrau ysgrifennu'n awchus. Wedi'r
cwbwl, dim ond ei ysgrifen orau
fyddai'n gwneud y tro heddiw.

'Reit! Ar ôl tri . . .'

'Pen-blwydd Hapus i Dad a
Fflwff . . . Hip-hip! Hwrê! Hip-hip!
Hwrê!'

Ond doedd Fflwff ddim yn cymryd fawr sylw o neb. Roedd ganddo fe bethau pwysicach ar ei feddwl.

'A phwy ŵyr,' meddai Dad ar ôl chwythu'r canhwyllau i gyd allan ag un gwynt, 'efallai y gallwn ni gael gêm fach o bêl-droed ar ôl te . . .

os na fyddi di wedi blino gormod, yntê, Ifan!'

Hefyd yng Nghyfres

Ffit-ffat yr Hwyaden

Shari Siffrwd-Tawel

Y Gwyliau Gorau Erioed

Wncwl-ac-Anti-Ceri

Teleri Tynnu Coes

Beic Sigledig Tad-cu

Jyngl Mam-gu

Y Parti Posh

Y Pitsa Perffaith

Yr Angenfilod Anwybodus

Y Panto Penwit

Ysgol i Selsig

Selsig Mewn Trafferth

Selsig a'r Ysbrydion

Selsig a'r Bochdew

Selwyn a'r Newid Mawr

Selwyn a'r Cathod Clyfar

Selwyn a'r Twyllo Mawr

Selwyn a'r Goliau Gwych

Roedd Ffit-ffat yr hwyaden yn dyheu am helpu'r anifeiliaid eraill gyda'u gwaith ar fferm Tŷ'n Domen. Ond druan â hi, doedd dim byd o gwbl roedd hi'n medru ei wneud a chafodd ei gwrthod gan bawb. Oes unrhyw un yn gallu codi'i chalon?

Doedd Shari Siffrwd-Tawel byth yn gwneud ffws na chreu twrw. Roedd yn well ganddi eistedd yn dawel yn y gornel a gwrando ar bawb arall yn parablu. Ond un diwrnod dywedodd Miss Sialc, yr athrawes, bod cystadleuaeth fawr yn cael ei chynnal i chwilio am blentyn mwyaf talentog y dre. Roedd pawb yn gynhyrfus – pawb ond Shari druan. Beth allai hi ei wneud ar gyfer y gystadleuaeth? Oedd ganddi hi dalent gudd tybed?